O amor acontece

LÚCIA BETTENCOURT

O amor acontece

EDITORA RECORD
RIO DE JANEIRO • SÃO PAULO
2012

CIP-BRASIL. CATALOGAÇÃO NA FONTE
SINDICATO NACIONAL DOS EDITORES DE LIVROS, RJ

Bettencourt, Lúcia, 1952-
B463a O amor acontece / Lúcia Bettencourt. – Rio de Janeiro: Record, 2012.

ISBN 978-85-01-09855-9

1. Romance brasileiro. I. Título.

CDD: 869.93
12-0574 CDU: 821.134.3(81)-3

Capa: Diana Cordeiro

Texto revisado segundo o novo Acordo Ortográfico da Língua Portuguesa
Direitos exclusivos desta edição reservados pela
EDITORA RECORD LTDA.
Rua Argentina 171 – 20921-380 – Rio de Janeiro, RJ – Tel.: 2585-2000

Impresso no Brasil

ISBN 978-85-01-09855-9

Seja um leitor preferencial Record.
Cadastre-se e receba informações sobre nossos
lançamentos e nossas promoções.

Atendimento e venda direta ao leitor:
mdireto@record.com.br ou (21) 2585-2002.

EDITORA AFILIADA

Guilherme,
Na fotografia, estamos felizes,
e seguirei, como encantada, ao lado teu.

“Sábios, em vão, tentarão decifrar o eco de antigas palavras (...)”

Chico Buarque

Capítulo I

— Gostou da ideia? Basta escrever uma história de amor.

— Mas… por que de amor?

— Porque vende! E porque é fácil, ora! Tudo o que você tem a fazer é ficar um mês hospedada na cidade e, nesse tempo, bolar uma história de amor, que depois até poderá ser filmada.

— E quem é que diz que uma história de amor é fácil? Inda mais numa cidade estranha. Não conheço ninguém por lá. Não falo aquela língua cantada deles. Sou tímida. Vai ser impossível!

— Porra! Para de doce! Um trabalho desses mais parece um prêmio! Toda uma população de escritores frustrados e invejosos dando qualquer coisa para estar em seu lugar, e você aí reclamando que não dá. Escreve uma merda qualquer, põe uns nomes de ruas e de praças famosas e entrega. O dinheiro está garantido mesmo! Ninguém está querendo que você se apaixone, e muito menos que se apaixonem por você. O negócio é inventar uma história.

— Mas é isso aí. Ir para lá, uma cidade assim tão romântica.... Tenho medo de arrumar complicações sentimentais! Minha vida está tão boa, tão descomplicada...

— Caraca! Não confunda vida real com ficção! Não é para se envolver com ninguém, é só para absorver a cor local. Será que vou ter que te ensinar tudo?

— Como, ensinar?

— Olha aí. Imagina a história: Você está em Veneza...

— Tá vendo? Já complica tudo. Veneza é cheia de clichês...

— Clichê facilita, pombas! Até entregador de pizza vira uma maravilha quando está numa gôndola. Põe o cara numa gôndola, descreve os músculos dos braços dele se destacando na camiseta listrada, pinga uma ou duas gotas de suor descendo lentamente pelo pescoço grosso do tipo e...

— Já sei, mas eu nunca me apaixonaria por um entregador de pizza numa gôndola, por mais tesudo que o cara fosse.

— Por quem é que você se apaixonaria?

— Deixa eu ver...

— Anda logo! Vamos decidir logo esse enredo, que eu tenho que dar aula.

— Bem, acho que gostaria de me apaixonar por um poeta. É, um poeta. Inteligente, mas sem ficar se mostrando demais. Meio inseguro. Sim, mas só às vezes. Mais para calado, mas de um silêncio prenhe de significados...

— Era você que estava falando alguma coisa contra clichês?

— Eu sei, mas, na verdade, conheci um cara assim na adolescência. Ele ainda não era poeta, era só meu colega de escola. Mas já gostava de poesia, e ficava lendo uns livros de Rimbaud...

— O cara era bicha.

— Bicha nada! Lia Rimbaud e lia Bandeira, e lia João Cabral.

— Como era a cara dele?

— Sei lá. Era uma cara de adolescente, cheia de espinha.

— E como é que você se apaixonou por um cara cheio de espinhas?

— Mas quem foi que disse que eu me apaixonei? Nós éramos bons amigos...

— Que idade vocês tinham?

— Uns 16 ou 17.

— Um cara normal, cheio de hormônio, *nessa* idade, sendo apenas "amigo" de uma gatinha?

— Quem disse que eu era gatinha?

— Para um cara normal de 17 anos, toda menina dessa idade que se disponha a escutá-lo falar de Rimbaud é gatinha. Gatinha, não. Gatésima!

— Tudo bem. Eu até que não era das piores mesmo. E tinha um peitão... Meu peito cresceu antes de todas as garotas da turma.

— E que fim levou?

— Como? O que é que você quer dizer com isso? Está criticando o meu peito? Olha o ditado, hein? "Quem desdenha quer comprar!"

— Comprado não. Mas se você der...

— Me respeite. Você está debochando de mim.

— Não! Estou tentando te mostrar como é fácil cumprir sua tarefa. Você curte umas férias e ainda escreve uma história de amor, sem se desgastar.

— Então, vamos lá. Digamos que já estou em Veneza. Ele é poeta.

— Sim, e tem 17 anos.

— NÃO! Imagine se eu ia me apaixonar, hoje em dia, por um fedelho cheio de espinhas na cara!

— Então ele tem 67 anos...

— Por que 67?

— Sei lá. Gostei do número. E dá para fazer uma história legal, tipo *Morte em Veneza*, uma última paixão antes do fim. O *gran finale* de uma vida!

— Não. Você está com fixação em veadagem. Imagina, meu poeta cheio de maquiagem derretendo com o calor! Nunca. Prefiro não me apaixonar.

— Assim não dá. Você põe defeito em tudo o que eu falo, mas não colabora com nada.

— Desculpa, vai. Mas por que você não põe o poeta assim da sua idade?

— Mas o poeta é seu! Você dá a ele a idade que quiser. Então ele tem a minha idade. Nasceu no mesmo ano que eu, é de uma boa safra!

— Isso mesmo.

— Mas é pálido.

— Pálido nada. Ele é poeta, mas adora andar à beira-mar. Bem, no caso, à beira dos canais. Acorda cedo todos os dias e vai dar uma caminhada. Caminha pelas pontes. Está sempre atravessando pontes...

— Uma mania estranha, mas até que combina com um poeta. Isso pode se tornar uma metáfora da própria poesia que ele pratica.

— Taí! Gostei. E ele trabalha, e é casado, tem dois filhos, um do primeiro e outro do segundo casamento...

— Calma, calma. Isso aqui não é biografia. É história de amor. Qual é a graça de colocar como herói um homem casado? E, pior, um homem duplamente casado, tendo que lidar com ex-mulher, pensão, TPM da nova mulher...

— Ai, não corta o meu barato! Além do mais, adultério é sempre mais interessante de que um namorico desimpedido! Se você pensar nas grandes histórias de amor, tem sempre um adultério no meio. Veja *Madame Bovary*! Veja *Anna Karenina*!

— Isso é teoria de francês.

— Pera lá! *Anna Karenina* é de Tolstói. Russo!

— Eu sei. Mas a Rússia, na época dele, podia ser considerada uma sucursal da França.

— Você nunca dá o braço a torcer, né?

— Pra quê? E, além do mais, estou com a razão. Os russos ricos pensavam que estavam na França. No próprio romance, todo mundo só fala francês, só se veste à francesa, só...

— Tudo bem, mas ao menos você reconhece o valor de um bom adultério?

— Hoje em dia essa palavra nem se usa mais. *A-dul-té-ri-o*. Que coisa mais antiga! Mas acho que gosto da ideia de um amor que venha para resgatar o seu poeta de uma vida que se tornou muito banal. Um poeta, funcionário público, casado e com filho... só Drummond.

— Pois é, está vendo? O Drummond tinha uma amante!

— Outra palavra fora de moda. *A-man-te*. Você está querendo escrever algo no gênero de Nelson Rodrigues?

— Não. Detesto essas patologias sexuais suburbanas.

— Então vamos recomeçar. Essa história de amor já está nascendo muito antiga. Só que agora preciso ir dar aula. A gente se fala.

— Ah, não. Vamos marcar hora e lugar para a gente se encontrar. Esse negócio de a gente se fala é muito vago, vou ficar na ansiedade. Vamos jantar, mais tarde?

— Hoje não dá. Tenho que levar a Clarinha ao dentista. Prometi à mãe dela.

— Então a gente almoça uma saladinha amanhã.

— Nem pensar! Amanhã é dia de jogo do Brasil. Já me programei tudo para assistir. Convidei uns amigos, comprei cerveja...

— Mas esse jogo nem vale para nada. É só um amistoso. Você dá mais importância a um jogo vagabundo do que à nossa amizade? Cara, preciso de você. Não me deixa na mão.

— Não estou te deixando na mão. Pelo contrário! Não se esqueça que fui eu que dei a maior força para você arrumar essa boa. Indiquei teu nome, mexi os pauzinhos... E agora estou aqui, dando uma de *personnal editor* pra tua história. Só que jogo do Brasil é minha terapia. Paro tudo e vou ver.

— Cara, você é de uma insensibilidade total! *In-sen-si-bi-li-da-de*. Não é assim que você gosta de dizer essas palavrinhas antigas? Pois, é. É antiga mesmo, mas vem ao caso e cai perfeitamente aqui. Você é um insensível, um homem de palha, sacou? A gente te toca assim, ó, e você estala, cheio de palha seca, sem vida.

— Olha a agressão!

— Agressão o caramba! Quem é que agride quem? Você é que me agride com a sua indiferença e seu pouco-caso. Não sei como é que eu consegui permanecer tua amiga todos estes anos. Vai. Anda logo. Não quero mais falar com você. Nunca mais! Pra mim chega! Some! E não adianta me ligar.

Capítulo II

Chegar a Veneza de trem pode parecer um contrassenso, mas é a melhor maneira de mergulhar diretamente na atmosfera da cidade. A estação agitada, os viajantes gritando suas frases longas e cantadas, o painel de avisos mudando freneticamente os dizeres, e os ruídos característicos de peças de metal se entrechocando, de freios sendo acionados, de motores se pondo em funcionamento; todas essas coisas estonteiam os viajantes e os deixam despreparados para a primeira visão da cidade, obtida ao sair do prédio da estação, datado de meados do século XIX. Com sua luz característica, a cidade parece um cenário pintado do outro lado do cais movimentado, para onde toda a Europa parece convergir numa tentativa infrene de ocupar os hotéis, que, dependendo de sua localização, podem cobrar tarifas de mais de mil dólares por noite.

Foi nesse burburinho que desembarquei, vinda de Milão, depois de atravessar quase meio globo terrestre de avião e de superar as barreiras linguísticas numa estação de trem hostil, ainda estonteada pelo *jetlag*. As cinco horas que me foram retiradas do dia haviam se transformado em cobras, que invadiam meu cérebro e se compraziam em espremer a delicada massa pensante, até retirar dela toda e qualquer coerência. Irritada com o extravio de minha bagagem, com o rosto devastado pela falta de sono, as pernas inchadas, e precisando desesperadamente de um banho que me devolvesse a sensação de pertencer a uma sociedade civilizada, estava determinada a ignorar os encantos que a cidade lagunar tinha a oferecer e ir direto para o hotel, onde recuperaria minha humanidade. Estava determinada a não me deixar encantar pela beleza da cidade.

Veneza era uma adversária mais poderosa do que eu havia julgado e me recebeu com um sol primaveril, que desmaiava ainda mais as cores desgastadas dos palácios e das paredes descascadas das vilas e igrejas. Era uma sensação diferente, pois, mesmo brilhando e desenhando caprichosamente os ornamentos excessivos dos prédios, o astro não irradiava calor. Estremecendo ligeiramente, aconcheguei meu agasalho insuficiente e me indaguei quanto tempo levariam minhas malas para me alcançar. Com otimismo, pensei que talvez não precisasse gastar o dinheiro da diária, comprando um desnecessário casaco em euros. Corajosamente, enfrentei a fila do *vaporetto* que me levaria até as proximidades de meu hotel. Embarquei e fiquei imprensada entre pessoas de todas as idades, algumas parecendo caricaturas. Tentei respirar o menos possível enquanto estivesse dentro do barco, para escapar dos fortes odores que tornavam o ar do recinto irrespirável. Em nenhum momento pensei que o cheiro talvez se desprendesse de mim mesma, há mais de 26 horas sem banho.

Foi com alívio que escutei o nome da Piazza de San Marco, meu destino, e reconheci, pelas apagadas lembranças de uma antiga viagem ou talvez da quantidade de fotos e quadros que havia examinado, a esguia coluna, no alto da qual o leão, símbolo da antiga república, se empertigava. A maré cheia havia coberto toda a praça com a água salobra dos canais. Meus sapatos foram incapazes de manter sua integridade, e eu sentia o líquido gelado molhando minhas meias, insinuando-se por entre os meus artelhos. Antes mesmo de passar pela frente da catedral, já havia começado a espirrar.

O hotel em que os organizadores do projeto me haviam hospedado ficava numa viela por trás da arcada da praça. Como meu objetivo era escrever uma história de amor, estava com a cabeça cheia de episódios românticos que revisitara em velhos filmes e livros. Um deles era *Um quarto com vista*, história passada em outro ícone do romantismo italiano: Florença. As histórias que conhecia, ambientadas em Veneza, eram todas trágicas, ou grandes farsas. Shakespeare, por exemplo, tinha adoração pela Itália, e por Veneza em especial, mas suas histórias não me serviam como modelo. Os ciúmes excessivos de Otelo, sua incapacidade em confiar na mulher amada e a facilidade com que acreditava em qualquer insinuação do amigo me irritavam. As artimanhas de trocas de sexo e os artifícios usurários de Shylock, e companhia, em *O mercador de Veneza*, em vez de me fazerem rir, levantavam questões que incomodavam minha modernidade politicamente correta.

Caminhei apressada, tentando chegar ao abrigo das arcadas e depois me esgueirar por baixo das sacadas. Ali estava eu, caminhando com os pés encharcados por uma ruela estreita e úmida, onde o cheiro de mofo suplantava meus próprios odores, e, nas circunstâncias, dando graças a Deus por não estar carregando a minha mala. Olhei para a placa onde as figuras de Arlequim e Colombina dançavam entre as letras que anunciavam: Albergho della Commedia. Não sei como criei coragem para enfrentar a porta manchada e a escada gasta que me levariam ao meu quarto, que, sem dúvida nenhuma, não tinha vista para nada. E era ali que eu passaria os próximos 30 dias de minha vida.

Capítulo III

— Que horas são aí?

— Cedo.

— Muito cedo?

— Muuuiiito cedo.

— Desculpe, mas se não ligasse ia ficar doida! Já faz dois dias que não falo outra coisa que não seja *prego* e *burro*.

— Então vai falando enquanto eu durmo mais um pouquinho...

— Não brinca, cara. Estou na pior mesmo. Mas, se você quiser, ligo mais tarde.

— Não, agora está bem. Tinha que acordar cedo mesmo. E assim é melhor, pois podemos falar sem interrupções. A mala chegou?

— Chegou.

— Você tem escrito?

— Um pouco.

— O que é que tem feito?

— Andado por aí. Já visitei a Catedral, a Igreja de Santa Maria della Salutte, dois museus, Murano, o Lido, mais 25 outras igrejas cujos nomes já confundi.

— Passeou de gôndola?

— Passeei.

— E o gondoleiro? Não te inspirou?

— Ele tinha a cara de meu tio Alfredo. E o mesmo olhar sacana pras minhas pernas!

— Não dava para escolher outro?

— O outro tinha a cara do jornaleiro lá da Rio Branco. Aquele que está sempre mal-humorado.

— Poxa! O que aconteceu com aqueles gondoleiros bonitões que a gente vê nos filmes?

— Estão todos fazendo figuração nos filmes americanos passados em Veneza. Só esta semana, vi cinco sets de filmagem diferentes. Para onde a gente olha, vê uns panos esticados para tirar o reflexo das luzes. Nunca vi uma luz para tremer tanto como aqui em Veneza. Deve ser da água.

— E os *palazzi*? Já visitou algum?

— Ainda estou esperando o convite do Doge... Mas já visitei as masmorras. E passei pela ponte dos suspiros...

— O que é isso? Você está chorando?

— Devia?

— Faz o seguinte, vou te dar uma tarefa: vá de novo a Murano e compre um presente para mim. Mas não quero tacinha, copinho, bichinho... Você está encarregada de comprar uma coisa inusitada. E não pode custar mais de cinco euros.

— Missão impossível II.

— Qual é a I?

— Escrever uma história de amor. Eu não sei amar! Sou racional demais, descrente demais, velha demais, deprimida demais.

— Ah, bom. Deprimida eu até acredito. O resto, descarto.

— Mas não devia. Você alguma vez me viu apaixonada? Até no dia do meu casamento, me diz, eu estava apaixonada?

— Acho que pensava estar.

— Pois é. Pensava. Pensava, mas não estava. Aquela coisa morna e burguesa que foi o meu casamento não tinha nada a ver com paixão.

— Talvez não. Mas acho que era amor.

— Ah, Fábio. Estou cansada. E com fome. Com vontade de comer bife, de comer comida de casa. E me sentindo gorda, entupida de massa e de *tiramisù*, de café e de sorvete.

— Então, quando voltar, eu não te levo a nenhum restaurante pra comer "escondidinho", viu?

— Sabe qual é o problema com você? É sempre achar que pode resolver minhas aflições com suas brincadeiras. Você não entende o que é uma mulher se sentindo gorda e solitária num fim de mundo!

— Que fim de mundo?! Você está em Veneza, porra! E aposto que não está gorda. Deve ser só retenção de líquido, não é isso? E eu, que te conheço tão bem, sei que você não é do tipo solitário. Você tem essa coisa de repórter, que te faz sentir em casa logo à primeira olhada. Você olha e já sabe a quem perguntar, com quem conseguir a entrada, quem é que vai render a boa história...

— Por falar em história...

— Que é que tem?

— Você leu?

— Leu o quê?

— O texto que eu te mandei por e-mail. Você não disse nada, nem avisou que recebeu. Mandei as páginas para você e foi o mesmo que mandar numa cápsula para a Lua!

— Li assim por alto. Não tive tempo de ler muito bem.

— O que é que você achou?

— Tá legal... informativo.

— Legal? Informativo? Como é que você pode usar esses adjetivos para uma história de amor?

— Bem, acho que não entendi. Ou então não li tudo. O que você mandou não era seu diário de viagem? Aquele texto está parecendo um trecho de diário. Ou, pelo menos, um híbrido de diário e guia de viagem. Assim, meio Peter Mayle, sacou? Experiências pessoais com dicas úteis e engraçadas. Ou tristes, no caso.

— E pensar que eu liguei para você para me animar! Você arrasou com o meu texto, cara!

— Arrasei não. Disse que está legal.

— O que você disse é que é um híbrido — híbrido, meu Deus! — de diário e guia de viagem.

— E daí? Disse que é meio Peter Mayle, e eu adoro Peter Mayle.

— E desde quando eu quero ser comparada com Peter Mayle? A proposta dele é outra, totalmente diferente. E, além do mais, estou escrevendo uma história de amor!

— Me desculpe, mas não tem nem uma gotinha de amor naquele texto. A não ser que você conte as figuras de Arlequim e Colombina...

— Arlequim? Colombina? Você surtou? Onde é que você viu esses dois no meu texto?

— Bem ali na placa do seu hotel.

— Mas isso é placa, não é personagem. Não falei nada de Arlequim e Colombina!

— Pois é, se tivesse falado, talvez já tivesse engrenado numa história de amor. Você só falou de avião, estação de trem, essas coisas. E usou uma linguagem... Como é que você pode pensar em usar uma frase como... espera aí, deixa eu pôr os óculos para ler... Ah, sim, "ruído característico de peças de metal se entrechocando" dentro de uma história de amor? E: "para onde toda a Europa parece convergir numa tentativa infrene..." Você acha que leitor de história de amor vai querer pegar dicionário para descobrir o que é infrene? Aliás, *você* sabe o que é *infrene*?

— Acho que quer dizer o mesmo que desenfreada, ou seja, sem freio...

— E sua insistência em falar de odores corporais? Quem é que ama sem se lavar primeiro?

— Napoleão.

— Quê?

— Napoleão. Você não perguntou quem? Eu respondi. Dizem. Na verdade, não dizem, existem as cartas dele para a Josefina, para provar.

— Provar o quê?

— Provar isso. Ele avisava que estava voltando e pedia a ela que não se lavasse... O tal do *odor di femina* o excitava.

— Isso é verdade?

— Está nas cartas dele para ela. Se ela se lavava ou não, isso eu não sei. Vai ver que foi por isso que ele acabou se separando dela. Preferiu a austríaca, com seu cheirinho de chucrute. Josefina, como boa crioula, devia tomar banho todos os dias.

— Josefina era crioula?

— Crioula de nascimento. Nasceu nas Américas, numa possessão francesa. Quem nascia nas Américas, branco ou não, era crioulo.

— Vai ver que era o feromônio.

— Agora quem tem que ir para o dicionário sou eu.

— É um chamativo sexual que existe nos cheiros das pessoas. Quanto mais a pessoa solta feromônios, mais atraente ela é considerada.

— Tá. Então vou desligar e escrever uma história cheia de feromônios. Quem sabe não consigo publicá-la numa revista de Medicina? Deve ser muito melhor do que meu "híbrido", não é assim? Entre híbrido e feromônio... Olha aqui, tchau! Tenho mais que fazer do que ficar escutando bobagens.

— O que é que você vai fazer?

— Escrever outro texto, né? Ou você acha que aquele tem alguma esperança?

— A situação era boa. Um suspense: Chegada a Veneza, hotel chinfrim, porta descascada... Cria um suspense.

— A porta não é descascada. É manchada. E não estou escrevendo conto de suspense. Estou, supostamente, escrevendo um romance de amor. E é o que vou fazer. Mas antes vou sair e comer alguma coisa. Estou faminta.

— Então checa os garçons. Quem sabe tem algum que se aproveite?

Capítulo IV

Teria sido preciso atravessar a minúscula ponte para poder encontrá-lo, mas ela estava cansada, e os degraus a desanimaram. Procurou um lugar onde pudesse se sentar. Atrás de si, uma minúscula pracinha exibia uma fonte, que murmurava sempre o mesmo segredo. Ela pensou em sentar-se ali, com os pés mergulhados na água fria e buliçosa, mas lembrou-se de ter lido, em algum lugar, que as fontes eram protegidas por uma legislação muito rigorosa. Aquela cidade, nascida das águas, poderia ilustrar o suplício de Tântalo: rodeada de água por todos os lados, sofria de escassez de água potável. Por isso, toda fonte era protegida. O melhor era encontrar outro recanto.

Pensou em como Veneza era uma cidade cheia de ironias como essa. Tinha sido fundada no meio de uma laguna para evitar invasores, e hoje suportava hordas de turistas que a invadiam diariamente, sem piedade, e ocupavam seus cafés, seus teatros, seus museus, além de agitarem as águas de seus canais com seu incessante ir e vir. Outra ironia era que a cidade, que tinha ficado famosa graças à biografia de Casanova e por seus licenciosos carnavais, tinha sido o berço de vários papas — Pio X, Paulo II, Alexandre VIII. Nenhum deles, em sua suposta intimidade com Deus, tinha sido capaz de neutralizar a outra grande ironia de Veneza: as águas, que um dia serviram para protegê-la, hoje eram sua maior ameaça — a cidade está afundando lentamente, e o mundo todo colabora, inventando técnicas para retardar seu desaparecimento.

Divisou um pedaço de mureta plano o bastante para poder servir de assento e ali se acomodou. Descarregou no chão, ao seu lado, a bolsa pesada, e abriu as páginas bastante manuseadas de seu guia, para se decidir sobre seu próximo destino.

Alheia aos passantes, não reparou no homem alto e moreno, com os cabelos malcortados que se rebelavam contra a brisa que começava a soprar. Quase todas as pontes em Veneza são arqueadas, algumas são pequeninas escadarias que sobem e descem, exigindo um constante exercício. Com esse formato peculiar, as pessoas parecem sair do solo, num nascimento para o alto: primeiro os cabelos, depois o rosto e os ombros, braços e troncos, e, finalmente, as pernas e os pés, em constante movimento. Foi assim que o homem apareceu, pedaço a pedaço. No topo da ponte, ele hesitou por um momento, antes de dar meia-volta e começar a desaparecer aos poucos: primeiro os pés e as pernas, em seguida o dorso, e finalmente a cabeleira, negra, onde se destacavam os primeiros fios prateados.

Ao terminar a leitura do guia, olhou na direção da pequenina ponte sem nome, com um suspiro. Desejou que ali aparecesse alguém, como num filme. Pensava em como lhe seria agradável encontrar uma pessoa interessante, com a qual simpatizasse, e que lhe servisse de companhia nos dias que tinha para explorar a cidade. Em seu devaneio, pensou que preferiria alguém do sexo masculino, que falasse uma das línguas em que ela podia se comunicar. Foi compondo, sonhadora, uma figura forte, de um homem magro e alto, pernas compridas, quadris estreitos, de aparência um tanto quanto descuidada, e olhos sonhadores. Alguém que gostasse de literatura e de arte, e que pudesse ir lhe contando as histórias entremeadas no passado da cidade.

O som dos sinos na igreja próxima a sobressaltou. Logo os vários campanários ecoavam as mesmas horas, avisando-a de que era tempo de se apressar, para não perder a performance em que músicos, vestidos com roupas do século XVII, tocariam um Concerto Barroco para turistas calçados com hediondos sapatos confortáveis e coloridos, carregados de mochilas, com o pensamento voltado para a hora do jantar que se aproximava.

Guardou o guia, depois de uma última olhada no mapa, pendurou a bolsa nos ombros e recomeçou a caminhada. Finalmente atravessou a ponte arqueada, mas, do outro lado, só a aguardavam as margens vazias do canal. E seguiu por caminhos que, aos poucos, se enchiam de turistas e de suas algaravias.

Capítulo V

— Que é que você achou desse início?

— Quer minha opinião sincera?

— Lógico!

— Gostei. Gostei muito mesmo. Tem esse lance do desencontro, o leitor já fica torcendo para que eles se descubram logo.

— Não acho que eles vão se encontrar...

— Em algum momento eles têm que se encontrar. É uma história de amor…

— Mas é uma história de amor moderna. Não tem que "acabar bem". Na verdade, talvez nem comece. O mundo de hoje é um mundo de desencontros e perdas. Tudo conspira contra os amantes: a velocidade, as inúmeras variáveis da vida. A gente tem muitas solicitações, muitas alternativas. É muito difícil fazer os personagens se encontrarem.

— Difícil, mas não impossível. Afinal, as pessoas vivem se esbarrando por aí.

— Não adianta esbarrar. Por exemplo, fui a um concerto no La Fenice...

— Sei, aquele que pegou fogo. E como está o teatro? A reforma ficou boa?

— Ficou ótima, igualzinho ao que era antes, um primor. Acho que o nome do teatro é profético: uma fênix renascendo das próprias cinzas.

— E mais de uma vez. Esse já foi o segundo incêndio!

— Você quer me ouvir, ou quer ficar falando de incêndios?

— Desculpe. Fala aí, vai.

— Fui ao tal concerto...

— Qual era o programa?

— Bem local! Vivaldi, *As quatro estações*. Era um concerto para turista: *Il prete rosso* e sua maior composição.

— Coitado do Vivaldi. Se ele estivesse aqui na época da repressão, ia ser preso como subversivo... o padre vermelho, desencaminhando órfão... Você sabia que ele era o professor de música de um orfanato feminino? Aí em Veneza, devia ser um carnaval só...

— Desisto!

— Não, desculpe. Fala.

— Você não está nem um pouco interessado...

— Estou.

— Mas eu já esqueci o que ia falar.

— Você ia falar de alguma coisa que aconteceu no concerto.

— Pois é. Fui para lá, pensando que talvez pudesse encontrar alguém interessante, alguém que me despertasse interesse, igualzinha à minha personagem, entende?

— Hum-hum.

— Mas não encontrei ninguém. Centenas de pessoas, e eu não "esbarrei" em ninguém! Na verdade, até esbarrei. Do meu lado estava sentado um japonês que puxou conversa comigo.

— Em japonês?!

— Em inglês.

— Ele te disse que era japonês?

— Não. Mas tinha cara de japonês.

— Como é que você sabe? Podia ser norte-coreano...

— Norte-coreano não viaja.

— Filipino...

— Chinês, tailandês, o que é que importa?

— Viu? Você cortou o barato do cara. Não fez as perguntas-chave. Você olhou e só viu o que queria ver: um estereótipo que já trazia dentro de si mesma.

— Acho que você tem razão.

— Claro que tenho razão! E o resto?

— Que resto?

— Do texto. Vai me dizer que em três dias só escreveu isso?

— Andei ocupada.

— Sua ocupação não era escrever o romance?

— É, mas... Estou em... pesquisa de campo...

— Ei! Essa me pegou de surpresa. O que é que você está querendo dizer?

— Não estou querendo dizer nada.

— Mas *eu* estou querendo saber. Quando é que essa mudança ocorreu? Bem que eu notei que sua voz estava diferente hoje.

— Diferente, é? Como assim, diferente?

— Bem, pra começar, sem esse tom chorão que você sempre tem.

— Jura que eu tenho um tom chorão? Eu nunca notei. E você nunca comentou isso antes.

— Você está sempre falando assim, como criança manhosa, um tom trêmulo na voz. E ninguém pode te contrariar, que você explode. Fica agressiva, grosseira!

— Estamos falando de mim ou de você?

— Eu sou um santo. Amigo exemplar. Ouvidos abertos como o ralo da pia, para você despejar toda a sua sujeira, toda e qualquer merda que você pensa! Já reparou que você não tem censura comigo? Fala tudo o que te vem à cabeça, e eu tenho que ficar aqui escutando...

— Tem não. Você escuta porque quer.

— Escuto porque você me chantageia, se faz de frágil, chora.

— Fábio...

— Tá vendo? Já está chorando! Eu nunca posso dizer nada, que você abre o berreiro.

— Não estou berrando. Estou chorando silenciosamente, com classe. E contra a vontade! Você pensa que eu queria estar chorando? Mas você me magoa, cara. Você ataca na jugular! Eu sempre confiei em você, me mostrei assim por inteira, nunca suspeitei dessa tua crítica. Ai, estou me sentindo péssima!

— Desculpe. Desculpa aí, vai!

— Como é que eu posso te desculpar? Você pensa que é assim? Diz o que quer e sai na maior, bastando dizer: "desculpa, vai."... Você destruiu o clima de confiança...

— Para com isso, porra! Você me pegou num mau dia. Você acha que só você tem problemas? Acha que minha vida é só escutar você? Que eu não posso ter sentimentos próprios? Quando você está contente, tenho que me alegrar com você; quando está na fossa, tenho que simpatizar, te animar. E eu? Não tenho vez?

— Por que você não falou logo? O que é que aconteceu?

— Não aconteceu nada. Já passou.

— As coisas na escola andam bem?

— Sempre na mesma.

— Bateu com o carro?

— Não. Nem bateram em mim.

— Ah, é. Esqueci que você nunca bate com o carro. Os outros é que batem em você. Está doente?

— Não, já te disse, não é nada. Acordei de mau humor, é tudo.

— Então desconta em mim, vai! O que é mais que te incomoda em mim?

— Sua incapacidade de terminar uma conversa! Sabe quanto você deve estar pagando por essa ligação?

— Estou ligando pelo Skype. E se estivesse pagando, seria com o meu dinheiro!

— Que, por acaso, eu te ajudei a descolar...

— Tudo bem, você indicou meu nome para o projeto, mas sou eu que estou ralando aqui, sozinha. Pensa que é fácil largar tudo e passar um mês numa cidade desconhecida?

— De férias e reclamando!

— Férias?

— Fazendo "pesquisa de campo"...

— Isso te incomoda? Você nem sabe a que estou me referindo.

— Não sei e não estou interessado. Na verdade, nada me interessa em você. Pra ser sincero, quando indiquei teu nome, foi para *me* dar umas férias.

— Cara! Você está insuportável! O que foi que aconteceu?

— Nada, já disse.

— Então, é melhor eu desligar.

— Também acho.

— Mas eu não queria desligar assim, nesse clima.

— Você está perdendo um tempo precioso. E sua pesquisa de campo?

— O que é que tem? Isso está te incomodando?

— Não.

— Mas parece.

— Assim não dá. Chega!

Capítulo VI

— Fala!

— Como você sabia que era eu?

— Quem mais sabe o telefone do meu hotel?

— Tá zangadinha?

— Estou irritada com você. Esta manhã, você me atacou de todos os modos. Você diz que eu te trato como um ralo de pia, mas você é que despeja tudo em cima de mim, com violência. Passei o dia arrasada.

— Não saiu?

— Saí.

— Sozinha?

— Não.

— Com quem? Com o japonês?

— E se fosse?

— Dizem que o dos japoneses é muito pequenininho.

— Grosso! Você ligou pra isso? Vou desligar.

— Não desliga, não. Liguei pra pedir desculpas.

— Não parece.

— É que não sei bem o que dizer.

— Que tal: "Você me desculpa por ter sido um grosso, escroto e mal-educado"?

— Pega leve!

— Estou pegando levíssimo!

— Você tem razão em ficar brava. Não sei o que me deu. Estava nervoso. Acho que foi porque o Botafogo perdeu.

— Bem, se você vai ficar assim toda vez que o Botafogo perder, ninguém mais vai te aguentar...

— Não começa. Olha que eu liguei na maior boa vontade. Mas ficar zombando do Fogão não dá.

— Então tá. Você já pediu desculpas. Boa noite.

— Mas você não disse que desculpava.

— Porque não desculpei. Acha que é assim?

— Escreveu mais?

— Não. Passei o dia todo fora. Acabei de chegar.

— Fazendo o quê?

— Fui ao cemitério.

— Eu sabia que você ia lá!

— Sabia como?

— Era natural. Você escutou as *Quatro estações*, de Vivaldi.

— E o que isso tem a ver com minha ida a San Michele? Vivaldi nem está lá no cemitério! Pelo menos, acho que não.

— É, mas a música fez você lembrar do livro *Concerto barroco*, do Carpentier. E daquele piquenique em cima dos túmulos… Você é bem capaz de ter levado um sanduíche para comer entre as lápides!

— Como é que você sabia disso? Eu não te falei nada...

— E precisa? Até parece que não te conheço. Você adora esse livro.

— Tem razão.

— Eu sabia que seu próximo destino, depois do concerto, seria o cemitério. Como também sei que, quando você for ao Café Floriano, isso vai provocar uma visita ao Museu Fortuny, ou vice-versa.

— Virou médium?

— Não, mas é fácil deduzir: vai ser o lado proustiano da viagem. Você adora Proust. Proust frequentava o Floriano e endeusava os tecidos de Fortuny. E você vai querer aproveitar para fazer ..."pesquisa de campo"! Era a isso que você estava se referindo, não era?

— Sabe de uma coisa?

— O quê?

— Nada, não.

— Fala, vai.

— Acho que essa história de pesquisa de campo está te grilando demais. Por que é que isso te incomoda tanto?

— A mim? Tá louca? Incomodar por quê? Olha, tenho que corrigir provas. Vai dormir e sonha comigo, viu?

— Só se eu quiser ter pesadelo...

— Não seja mazinha. Já te pedi desculpas. E estou doido para saber do resto da história. Estou gostando muito desse começo. Boa noite, Desdêmona.

— Eu, hein! Desdêmona por quê? Alô? Fábio? Desligou...

Capítulo VII

Caminhava apressada pela praça. Não tinha razão para se apressar, mas não sabia como se comportar de outra maneira. Precisava acreditar que seu tempo era precioso, que não podia desperdiçá-lo em caminhadas lentas e sem propósito. Mesmo de férias, planejava o dia de maneira a não perder tempo, dividindo-o em fatias racionais, preenchidas por atividades. Naquela manhã tinha planejado uma visita à basílica de São Marcos. Fizera o seu dever de casa. Sabia que essa fora a terceira igreja a ser construída no local. A primeira, de 832, construída pelos mercadores venezianos que haviam roubado as relíquias do evangelista São Marcos da cidade de Alexandria, no Egito, tinha sido destruída pelo fogo. A segunda dera lugar, no século XI, à nova Basílica, tão grandiosa que exigia várias visitas para se poder apreciar todos os seus tesouros.

Tinha planejado chegar à igreja às onze e meia da manhã, para poder observar os mosaicos em toda a sua glória. Nessa hora, quando a igreja está totalmente iluminada, o esplendor dos desenhos dourados se desvela ante os olhos maravilhados de quem não sabe se olha para os tetos, as paredes ou o próprio chão. Ela procurou com os olhos o losango, no chão em frente à entrada principal, onde o imperador Barba-Ruiva se vira obrigado a assinar um tratado de paz com o papa Alexandre III. Andou para lá, sem perceber que o homem magro e alto de olhos fixos no teto dava lentos passos para trás que o levariam ao mesmo lugar para onde ela caminhava. Seu encontro parecia inevitável, mas a entrada de um grupo de turistas alemães, caminhando com passos pesados e cadenciados, tirou o homem de seu embevecido contemplar e o fez mudar a direção de seu passeio. Ele atravessou o pórtico a passos largos, mas sem pressa. Ela desafiou os corpos maciços, tentou se posicionar sobre o losango e fazer as pazes consigo mesma, mas a guia parecia determinada a expulsá-la dali, a fim de mostrar o lugar a seus conterrâneos, e ela capitulou, cedendo o lugar, afastando-se fustigada pelos sons guturais que se amenizavam com os efeitos do eco.

Optou por subir os precários degraus que levam ao museu da Basílica. Lá de cima, do balcão onde, no passado, os doges assistiam às cerimônias festivas na praça, ela poderia ver de perto as réplicas dos cavalos de bronze que enfeitam a fachada da igreja. Os originais, que haviam sido roubados do hipódromo de Constantinopla, já não ficam mais expostos ao tempo, e são exibidos numa sala ao fundo do museu. Da galeria, a vista que se podia descortinar do interior da basílica era impressionante, e ela se deixou ficar ali por instantes, quando percebeu a cabeleira negra e revolta que parecia flutuar sobre o chão desenhado da igreja. Aquele vulto masculino parecia a materialização de seus devaneios, e ela, com a respiração suspensa, atravessou outra vez o espaço e foi para o balcão, tentando descobrir para onde ele se dirigia. O homem saiu da igreja e parou, parecendo ofuscado pelo sol a pino. Depois seguiu em frente, olhando por sobre o ombro esquerdo para o Campanile, a antiga torre avermelhada que enfeita a entrada da praça, e para as longas filas de turistas que aguardavam para subir no elevador.

Sem pensar no que fazia, ela desistiu de ver os cavalos de bronze originais e desceu correndo as escadas, na esperança de descobrir para onde ele seguia. Chegou à praça um tanto sem fôlego, segurando com a mão úmida a alça da grande bolsa que carregava atravessada nos ombros. Procurou a cabeleira escura, mas não conseguiu distingui-la no mar de pessoas que tomavam a praça. Percebeu que o local em que se encontrava parada era o mesmo onde, muitos anos atrás, tirara uma fotografia com os braços e ombros recobertos de pombos. Notou, então, que os pássaros haviam desertado da praça. Seguramente os venezianos haviam descoberto algum meio de afastar as aves dali.

Esquecendo a urgência que sempre a acompanhava, ela se deixou ficar ali, imersa numa sensação de perda. Queria os pombos de volta, com seus arrulhos e seu incessante bater de asas. Nesse instante, os mouros, estátuas ao lado do relógio, tomaram vida e, cansados, bateram o sino, avisando que era uma hora.

Capítulo VIII

— Até quando você vai deixar esses dois se desencontrando?

— Já disse que eles não vão se encontrar.

— Mas eles precisam. São almas gêmeas, você não percebe? Eles se completam. Ele é um artista, precisa dela para trazê-lo para a realidade. Sem ela, ele nunca vai ser alguém.

— Claro que vai. Ele tem escrito os poemas dele, poemas de solidão. Se ele a encontrar, os escritos dele vão desandar...

— Mas ele sofre. E ela também. Para que criar personagens que só vão ficar sofrendo o tempo todo?

— Não, eles não estão sofrendo. Eles estão... vivendo. A vida é assim, cada um na sua. Essa coisa de "encontro" não existe. A gente se esbarra, mas cada um tem a sua vida.

— Caraca! Você é impiedosa. Não faz nenhuma concessão ao romantismo!

— Não estou escrevendo novela de TV, estou escrevendo uma história de amor.

— História de amor? Onde está o amor, se eles nunca se encontram? Desta vez achei que eles iam, finalmente, se encontrar. Ela o avistou na basílica, correu atrás dele, mas você deixou que ele escapasse. Isso é maldade com os leitores. E com os personagens!

— Não enche, Fábio. Acho que está ficando muito bom, assim como está.

— Pra falar a verdade, não acho não. Está muito literário. Esse tipo de história não vende. Era preciso que eles se encontrassem, fizessem muito sexo, delirassem um pouco por conta de drogas ou bebidas...

— Eu não escrevo assim.

— E por isso seus livros nunca chegam a best-seller.

— *Touché*!

— Não estou agredindo, estou querendo que você fique mais assim... um pouco menos... Mais...

— Moderna.

— Não era isso que eu ia dizer, mas era um pouco assim nesse sentido: mais próxima do público.

— Bem, posso escrever um capítulo com ele pensando em levá-la para a cama...

— E por que não o contrário? Ela pensando em levá-lo para a cama, ia ficar mais verdadeiro.

— Homem é que está sempre pensando em levar a mulher para a cama.

— Vai me dizer que mulher não pensa nisso?

— Pensa, mas não a minha personagem. Ela idealiza o cara.

— E daí?

— E ele é um poeta. Ninguém pensa em levar um poeta para a cama!

— De onde você tirou essa ideia?

— Não combina, entende? Um poeta revirando os olhos de gozo, suando e ...

— E o quê?

— Você sabe. Metendo. Dando estocadas. Penetrando. Poeta não pode ser tão ativo. Poeta contempla. Fala coisas bonitas...

— E então? Ela pode pensar nele usando a língua...

— Sua mente é podre!

— O que é que eu disse? Você é que imaginou sacanagem.

— Posso até ter imaginado, mas daí a escrever há uma longa distância. No máximo, uma cena com ele pensando em como seria possuí-la. Ele se perdendo por entre os caminhos...

— Cafona!

— Mergulhando nos seus abismos...

— Ridículo!

— Metáforas delicadas...

— Péssima transa. Põe ele deitado, se masturbando, cuspindo na mão para deslizar mais fácil...

— Para!

— ... a outra mão acariciando o saco...

— Não quero ouvir!

— Descendo até mais atrás, para fazer um fio terra...

— Lá! Lá! Lá! Lá!

— Sentindo o sangue esquentar, enquanto ele acelera o ritmo...

— LÁ! LÁ! LÁ!

— Olhando o jorro de esperma, que chega quando o pau dele começa a pulsar, e que se projeta longe enquanto ele soluça o nome dela...

— Ele nem sabe o nome dela!

— O nome que ele dá a ela.

— E qual é o nome que ele dá a ela?

— Mariana.

— Esse é o meu nome!

— E daí?

— Daí que eu vou desligar. Não achei graça nenhuma em você tirar sarro de mim. Você às vezes me tira do sério!

Capítulo IX

— Passeei de gôndola ontem!

— Tanto tempo aí, e só agora você passeou de gôndola?

— Não. Já andei antes, mas ontem fiz aquele passeio noturno, com os gondoleiros cantando.

— E por que só ontem?

— Porque estava esperando a lua cheia, bobo! Para o passeio ser completo.

— Para ser completo, tinha que ter um amante carinhoso do lado...

— E quem disse que não tinha?

— Quem? O japonês ou o garçom?

— Você é tão cansativo... Até parece que não me conhece. Desde quando eu ia me agarrar com um japonês ou um garçom?

— Preconceituosa.

— Não é nada disso! Eu não me apaixono assim, por rótulos. Me apaixono por pessoas, e aí não importa profissão, cor, classe social: é o alguém que é importante.

— Então quem era o alguém?

— Era o poeta. Me apaixonei por ele. Criei o personagem com tantos detalhes que acabei me apaixonando. Então resolvi que eles iam se encontrar, que iam passear de gôndola, que ele ia se comportar como um bobo e que ela ia se comportar como uma adolescente, toda iludida.

— Nossa, que mudança!

— Dei a ele um nome: Francesco.

— E ela é...

— Paula, é claro. Inverti os nomes dos amantes que se perdem por conta de um livro. Lembra, na *Divina comédia*, da história de Paolo e Francesca da Rimini?

— Só podia...

— Eles se encontraram, finalmente.

— Como?

— Ela e ele estavam lendo o mesmo livro.

— Tinha que ter um livro no meio... Mas se eles nem se conheciam...

— Em exemplares diferentes, uma coincidência.

— Isso não explica o encontro.

— Eles esquecem o livro. Ela esquece num lugar, e ele em outro. Mas como eles estão sempre indo para os mesmos lugares, em ocasiões diferentes, um encontra o livro do outro. E aí eles descobrem os respectivos nomes, perguntam aos garçons, percebem que estão procurando uma pessoa especial e se interessam, investigam e acabam se encontrando.

— Boa!

— Mas já estão apaixonados, mesmo sem saber disso.

— Engano seu. Eles pensam que estão apaixonados. Eles ainda nem se conheceram!

— Mas já leram as anotações que estavam na margem dos livros.

— Boa! Você está ficando ótima de trama, sabia? Isso dá até para fazer um filme. O pessoal do projeto vai adorar. Manda logo por e-mail, para eu já ir providenciando um roteirista.

— Mas eu ainda não terminei a história... nem sei como eles vão acabar...

— Para o roteiro, a história pode terminar aí no passeio de gôndola. Lua cheia, gôndola e canções românticas: quer final melhor do que esse?

— Eles nem sequer foram para a cama...

— Você, Mariana, a casta, vai levar seus personagens para a cama?

— Ainda não sei... mas não sou Mariana, a casta, coisa nenhuma, viu?

— Não?

— Não. E acabo de me decidir. Vou levá-los para a cama porque ...

— Porque...

— Porque vai ser muito bom escrever sobre essa entrega. Ela precisa de carinho. Precisa se deixar abraçar, sentir o calor do corpo dele, se sentir desejada.

— Já vou te avisando que carinho não é sexo.

— Eu sei disso. Mas não vou fazer sexo sem carinho na minha história. E ele é um amante paciente. Ele vai querer contemplá-la...

— Ih... cuidado com os verbos!

— Mas é isso mesmo. Ele quer olhar para ela, quer ver o corpo dela em toda a sua humanidade. Quer emocionar-se com suas imperfeições, comover-se com suas falhas.

— E quem disse que a Mariana tem falhas?

— Não é Mariana. Mariana sou eu. Minha personagem é Paula.

— Mas ele a conhece como Mariana. É o nome que ele deu a ela...

— Não, você é que inventou isso! Eu não escrevi nada disso.

— Eu sei. Mas é pena. Para mim, ele deu a ela um nome, com o qual ele fantasiava.

— Para com suas sujeiras!

— Não é sujeira. É desejo. Que mania que mulher tem de achar que sexo é coisa suja! Mas continue a sua história.

— Me perdi.

— Você estava nas imperfeições e falhas, quando eu protestei. A Francesca não tem falhas.

— Não é Francesca, é Paula! E toda mulher acredita que tem falhas. A gente se olha no espelho só para confirmar: a celulite, a bunda caída, a gordurinha, o culote.

— Taí a grande diferença entre o homem e a mulher: nossa olhada no espelho é sempre positiva. Encolhemos a barriga, estufamos o peito, damos uma flexionada nos músculos e nos vemos como somos na realidade: uns deuses!

— Mentira!

— Verdade. A barriga é coisa que se esconde com uma boa encolhida. Você nunca surpreendeu um homem se olhando de lado no espelho? Ele encolhe a pança e sorri, satisfeito com o que vê. E sai da frente do espelho, solta a barriga de novo e passa a mão nela, já com saudade da companheira de chopada...

— Cara, a descrição está perfeita. É assim mesmo. Mas vocês só veem perfeição em vocês mesmos. Na gente, estão sempre vendo defeitos.

— Eu, não!

— Todo homem está sempre vendo defeito, sim!

— Bobagem! Homem nem nota essas coisas de celulite, de bunda caída. Homem nota é coxa, bunda, peito. Essa coisa de se está caída ou se está levantada é coisa de gay. Tipo diferença entre azul isso e azul aquilo. Se o cara conhece cor pelo nome, pode contar que é gay. Homem sabe que existe azul-claro e azul-escuro. Vá lá, conhece azul-marinho. É o mesmo com bunda. A gente nota bunda grande e bunda pequena. E gosta das duas. Se está caída ou levantada, não importa. O que importa é que seja, digamos, acessível...

— Não acredito.

— Mas é verdade.

— E peito?

— A mesma coisa. Peito grande, peito pequeno, redondo ou pontudo, cada qual tem seu encanto.

— Mesmo caidaço?

— Bem, existe um tipo de caidaço que é feio, pouco apetecível, aqueles que parecem uns sacos vazios. Mas um peito grande, daqueles fartos, fellinianos, tem que ser caidaço, se não fica surreal.

— Você tem um gosto...

— Não é isso. A gente pode ter preferências, mas não fica procurando chifre em cabeça de cavalo. Uma mulher bem proporcionada, isso nos basta. Se os cabelos são bonitos, se o sorriso é franco, se os olhos brilham quando nos veem, é o máximo. Se são inteligentes e boas companheiras, a gente cai de quatro.

— Se é tão fácil te agradar, por que é que você nunca mais casou?

— Talvez por isso mesmo. É muito fácil me agradar...

— Seu galinha!

— Não é verdade. Você está sendo injusta.

— É verdade. Aliás, eu nunca conheci uma namorada sua. Depois que você se separou da Vera, nunca o vi saindo com mais ninguém...

— E eu nunca vi você saindo com ninguém também.

— É porque eu não saio. Não estou interessada. Sou da raça mais complicada que existe na terra: mulher intelectual.

— É. Isso complica. Sabe que uma vez eu li uma pesquisa que dizia que, quanto mais uma mulher estuda, menos namorados ela tem?

— Eu li essa bobagem.

— E?

— Você quer mesmo saber ou só quer me irritar?

— Toquei no seu ponto fraco?

— Não, é que eu fico puta quando as pessoas não entendem as manobras que são feitas contra as mulheres! Será que você não entende que isso só desestimula as brasileiras de estudarem? Mulher brasileira acha que precisa de homem para ser feliz. E é capaz de largar os estudos com medo de não conseguir mais namorar. Pois fique sabendo que mulher não precisa de homem para nada, viu? E quanto antes elas descobrirem isso, melhor!

— Bem, para alguma coisa elas precisam.

— Não precisam não! Homem é totalmente dispensável!

— Mas para se reproduzir...

— Nem para isso. A ciência já avançou tanto que dispensa o espermatozoide.

— E para transar...

— Me desculpe, mas isso também se resolve sem necessidade de homem. Viva a tecnologia! Sinceramente, o reinado do macho já era!

— Mas qual é a graça de uma transa com um objeto inanimado?

— Por que você não pergunta isso àquele cineasta francês que fez um filme sobre um homem que trocou a mulher por uma boneca de silicone?

— Que filme é esse?

— Ah, não me lembro do nome. Mas você já deve ter assistido. Passou até na TV. Olha, quer saber? Estou cheia de trabalho, e já que você não quer saber da transa da Paula com o Francesco, acho melhor desligar. Até qualquer dia!

— Não desliga, essa história me interessa!

— Mas a mim não. E tenho mais o que fazer. Depois a gente se fala!

— Depois quando?

— Não sei. Depois.

Capítulo X

Paula estava trêmula. O primeiro beijo ia finalmente acontecer, ali, naquela gôndola que se embalava docemente sobre as águas tumultuadas do grande canal. A lua prateava a água, o cantor se esforçava, cantando as conhecidas árias românticas para deixar o clima propício para o amor dos diversos casais nas diferentes gôndolas. A austeridade das embarcações, no entanto, a amedrontava. Os barcos negros, com enfeites dourados, lembravam-lhe ataúdes. O rosto do gondoleiro, sério e suado, parecia a máscara de Caronte, que remava por remar, indiferente a seus passageiros. Paula, porém, estava decidida a se sentir feliz. Desviando o olhar do barqueiro, ela examinou o rosto de Francesco, um pouco mais pálido devido à luz esbranquiçada da lua.

A brisa marinha esfriava, e ela sentiu um calafrio percorrendo sua pele. Francesco notou seu estremecimento e passou o braço por cima de seus ombros, aconchegando-a. O corpo dele era quente e exalava um perfume seco, de madeira. Ela pensou nas estantes de sua casa, no seu cantinho predileto de leitura, e se abandonou contra o corpo dele, sentindo-se abrigada. Com a cabeça levemente inclinada para trás, ela olhava o perfil sério que se destacava contra a claridade das águas lunares. O barqueiro cantava coisas como "mar prateado" e "ondas plácidas". O grupo de gôndolas seguiu por entre águas mais escuras, entrando pelos pequenos canais, onde a luz da lua não conseguia penetrar, passando sob pontes minúsculas. A pequena lanterna que cada gôndola carregava transformava o grupo numa constelação misteriosa, que deslizava por águas cada vez mais silenciosas e escuras.

Quando o cantor encerrou sua serenata, Francesco finalmente voltou o rosto para o dela. Os olhos dele brilhavam na escuridão, de tal forma que ela se viu compelida a fechar os seus, ofuscada. E foi então que ele a beijou. Os lábios quentes e secos pousaram suavemente sobre os lábios dela entreabertos. Ela sentiu o hálito dele, e o sabor de seus lábios finos, sentiu sua pele muito suave. Notou a língua que se insinuava e sugou-a, ávida. Suas bocas se misturaram, em diversas combinações. Eles se beijavam com ternura, com fome, com desespero, com respeito. Ela sentiu uma lágrima escapar de seus olhos. Ele percebeu sua emoção e murmurou, dentro de sua boca, "carina". Paula soube que as carícias não terminariam ali. E foi com urgência que o abraçou, e que escondeu o rosto afogueado na curva de seu pescoço.

Capítulo XI

— Ué? Você me ligando? Que milagre é esse?

— Milagre nenhum. Saudades. Queria saber como é que você está.

— Como dizia a Mira, "mérdia".

— Mira era gente fina.

— Finíssima. Ela me faz muita falta.

— E eu?

— Você está aí. Vivíssimo!

— Mas estamos longe. Pois é! Acho que já não sei mais como é o teu rosto.

— Mas eu sei como é o teu. Já decorei. Teu cabelo sempre curtinho, teus óculos, o sinal na sobrancelha direita...

— Decorou mesmo.

— Está vendo? É por isso que não acho graça quando você diz que já não sabe como é meu rosto.

— É um rosto sorridente.

— Isso é muito vago.

— E muito branco.

— E está mais branco ainda. Aí no Rio a gente ainda toma um solzinho, mas aqui...

— E os cabelos são bem pretos.

— Tingidos, infelizmente.

— Com sobrancelhas retas. O nariz um tantinho comprido.

— Me chamando de nariguda?

— Não. Você tem o nariz de Cleópatra. E os lábios, bem desenhados, parecem uma escultura.

— Você não me esqueceu nada!

— Acho que não.

— E daqui a 10 dias estou voltando.

— É mesmo.

— Não está contente?

— É que estou com vontade de viajar também.

— Logo agora que estou voltando? Está fugindo de mim?

— Não. Pelo contrário. Pensei que podia ir até aí, me encontrar com você.

— Ah...

— Não gosta da ideia?

— Não sei. Já estou de saco cheio de estar aqui. Tudo úmido, tudo frio, tudo caro! Por outro lado, com você aqui talvez o tempo passe mais rápido... Mas também complica, porque ainda não consegui escrever o final da minha história. Você vai chegar com sua alma de turista e querer sair comigo... E eu vou ter que escrever... Vai ser complicado.

— Tá, já entendi. Pode deixar, não vou.

— Poxa, não quis te desencorajar... É que não estou conseguindo montar minha cena.

— A da cama?

— É.

— Mas a da gôndola ficou boa. Só achei que começa meio depressiva, com os barcos que lembram caixões...

— Mas eles lembram mesmo. São pretos. E tem umas lanchinhas feitas de madeira que também parecem caixões. Aliás, o nome delas em português é mesmo esquife, sinônimo de caixão.

— Pois eu acho o formato das gôndolas lindo!

— Também acho, mas elas são tristes. Uma coisa não exclui a outra. Você sabia que as gôndolas não são simétricas?

— Como assim?

— Elas são mais largas do lado esquerdo, para contrabalançar a força do remo. Só assim é que elas conseguem andar para a frente. Se os dois lados fossem iguais, elas ficariam rodando no mesmo lugar e não iriam a canto nenhum.

— Vê como as diferenças são importantes? Acho que você ainda não escreveu a cena da cama porque seu poeta...

— Francesco...

— Seu poeta está muito igual a você. Ele é apenas uma projeção sua.

— Não entendo o que você quer dizer com isso. Está me acusando de não saber construir um personagem? Era só o que faltava! E eu nem estou no texto. Não sou Paula e muito menos Francesco.

— Claro que é! É você quem dá vida a eles...

— Dou vida, mas não a *minha* vida. Que leitura banalizante, a sua.

— Não acho, não. Reconheço tantas coisas suas, tantos pensamentos seus...

— Você reconhece o meu estilo, é isso.

— Não é isso.

— É o quê, então?

— É a sua voz, sua maneira inesperada de ver a vida, essas analogias loucas que você faz para explicar as coisas...

— Isso é estilo.

— Tá. Não vou discutir. E quanto à minha ida...

— Você vai vir mesmo? E as aulas?

— A faculdade entrou em greve.

— E a grana?

— A editora vai pagar, contanto que eu te filme perambulando por aí.

— Ah, essa não! Você com uma câmera é um perigo. Você sempre me pega numas situações....

— Se eu não te filmo nem fotografo, você não terá nenhuma lembrança!

— Tenho os meus textos. É por eles que desejo ser lembrada.

— Mas é bom olhar para as suas fotos.

— Eu nunca olho.

— E, no entanto, sua casa é cheia de porta-retratos...

— Com fotos dos amigos. E dos meus escritores prediletos.

— Viu? Como você pode negar esse prazer aos seus fãs?

— Então você vai vir mesmo?

— Vou.

— Quando?

— Depois de amanhã.

— Vai ficar onde?

— No mesmo hotel em que você está.

— Neste pardieiro? Traz remédio para alergia, que tudo aqui cheira a mofo!

— É muito ruim? Por que você não mudou?

— Porque a gente se acostuma com tudo, até com hotel chinfrim. E ele é bem localizado. E gosto da plaquinha...

— Que plaquinha?

— Com o Arlequim e a Colombina. Quando escrevo, penso nos dois. Paula tem o mesmo sorriso da Colombina. E o Francesco tem o olhar sombrio do Arlequim.

— Arlequim não tem olhar sombrio. O Pierrô é que tem. Ele é que se corrói de ciúmes, enquanto a Colombina se diverte com o outro.

— Sabe o que eu penso? Não é uma questão do que a Colombina faz ou deixa de fazer com o outro. É uma questão de temperamento. O Pierrô é um ciumento, e um ciumento sempre terá ciúmes, não importa o que a Colombina faça ou deixe de fazer.

— Você está reescrevendo essa história.

— Eu não. Estou interpretando da minha maneira. Nossa profissão é essa: interpretar textos. Lembra de nossos tempos de faculdade? Nossos trabalhos de grupo? Nós éramos tão criativos.

— Éramos, não. Somos. Nossa turma fez história na faculdade.

— É mesmo. Até porque os dois rapazes da turma não eram gays.

— Mas nas outras turmas também tinha homem com H.

— Tinha não. Só vocês dois. Gilson, Miguel, Cadu, Roberval eram todos gays.

— Roberval era gay? Mas ele namorou a Cleide! E a Gisele também.

— Namorar, namorou, mas ficou só no namoro. Você nunca mais o encontrou? Pois dei de cara com ele quando fui àquela convenção em Porto Alegre. Ele estava lá, todo com cara de yuppie, completamente diferente do rapaz feioso, tímido e hesitante do passado.

— Estava bonito?!

— Um bom trato faz milagres. Bonito ele não ficou, mas ficou charmoso. Elegante, acho que é o melhor termo. Ele fez rios de dinheiro trabalhando para aquele deputado ligado às "comunidades", sabia? Não é fofoca, porque foi ele mesmo quem me contou. Você também devia ter aceitado o emprego que teu tio te ofereceu... Hoje estaria rico.

— E de que me adiantaria estar rico? Eu gosto do que faço. Gosto da minha vidinha.

— Mas vai me dizer que você não sonha com viagens, carros, restaurantes bacanas...

— Viagens, sim. Mas carros? Prefiro andar a pé, caminhar pela beira da praia, sem me estressar. O carro que tenho me serve muito bem, para programas eventuais. Restaurante só serve para engordar. A gente come demais, bebe demais. Uma vez ou outra, pra comemorar aniversário, me basta. E para isso eu tenho bala na agulha.

— Ah, sei lá! Eu gostaria de ser rica... Entrar numa loja e comprar um sapato de 1.500 reais só porque achei bonito, seria o máximo!

— Acho melhor você forrar o pé com notas de 100. Do jeito que seu pé é pequenininho, economizaria uns 700 paus! Mulher tem cada uma! Que mania de sapato. Pra que um desperdício desses? E sua consciência social?

— Eu nunca comprei um sapato de 1.500 reais! Era só uma hipótese... Você também já falou em comprar um Z-3 ou sei lá que número. Já reparou que carro é cheio de número? A-8, XC 90; CLK 350; Gol 1000.

— Só mesmo você para misturar Gol 1000 com carrão!

— Vê as diferenças? Eu falo de número, você fala de potência! Por que é que homem tem essa mania de potência?

— Pra ganhar as mulheres, claro.

— Você acha, sinceramente, que as mulheres ligam para isso?

— Não engrena. Tenho que preparar a mala e não posso ficar de bate-papo.

— Você sempre arruma uma evasiva pra não me responder sobre essas coisas de homem e mulher...

— Sempre que eu caio na besteira de dizer alguma coisa, você se apropria do que eu digo e vai logo tacando em uma de suas histórias. E me crucifica com isso depois.

— Quer saber? Acho melhor a gente deixar para falar sobre isso pessoalmente. Depois de amanhã você chega...

— Depois de amanhã eu embarco.

— E a gente vai ter muito tempo pra falar.

— E eu posso te fotografar, com Veneza ao fundo...

— Mas eu ainda tenho muito o que escrever!

— Então eu te filmo escrevendo. Filmo a tua plaquinha... O teu sorriso quando está gostando da cena... Teus dedos catando milho no teclado... Teu ar de boba, jogando paciência...

— Eu nunca pensei que você reparasse em mim quando estou escrevendo...

— Mas eu reparo em você o tempo todo. Sempre reparei. Você é que não presta atenção em mim…

Capítulo XII

O quarto era muito pequeno, e a enorme cama de dossel dificultava a circulação. As portas dos armários esbarravam nas laterais trabalhadas, deixando sulcos na madeira dourada, polida pelos anos. Entraram com dificuldade, a porta dupla se abrindo pela metade, deixando uma passagem estreita e traiçoeira, que aprisionava as roupas de quem entrava distraído.

Francesco entrou primeiro, seu corpo esguio evitando as armadilhas da maçaneta, e, com movimentos acostumados, aproximou-se do interruptor saliente para acender a luz do cômodo. Ela pousou a mão sobre a dele, desejosa de permanecer na penumbra azulada e trêmula que as águas do canal projetavam dentro do quarto. Compreendendo o seu gesto, ele respeitou sua vontade e esperou que ela olhasse à sua volta, se familiarizando com o aposento.

Paula olhou demoradamente a pilha de cadernos sobre a mesa de cabeceira. Sem precisar abri-los, ela sabia do que se tratava: eram os cadernos onde ele escrevia seus versos. Depois, procurou a mesa, encaixada entre as janelas, miúda, desconfortável. Imaginou-o debruçado sobre os cadernos, escrevendo, febril. Voltou-se, sorrindo, e encontrou o rosto dele, também sorridente, mas com um ar de quem se prostra em adoração perante um altar. Não era esse o olhar que desejava surpreender, assustada com o fervor e a devoção a que não sentia fazer jus. Baixou os olhos e corou.

Francesco se aproximou dela, tentando não espantá-la. Sua mão se elevou lentamente, até tocar-lhe o rosto. Ela inclinou a face para encaixá-la no côncavo de sua mão, os olhos fechados, a boca ligeiramente entreaberta.

Com delicadeza, ele levou a mão até sua nuca e puxou-a de encontro a ele. O beijo que se seguiu poderia ter sido terno e suave, mas os dois se surpreenderam com a explosão do desejo que os invadiu.

As pernas de Paula fraquejaram, e ela colou-se ao corpo dele, buscando apoio. Ele lhe ofereceu mais do que ela esperava: mostrou-se forte, exigente, faminto. Paula começou a gemer baixinho, sem perceber. Ele diminuiu um pouco as carícias, com receio de estar sendo precipitado, até compreender que os gemidos dela eram de prazer. Estimulado pelos sons, ele se deixou levar pelo instinto, e, sôfrego, desceu os lábios procurando o decote de seu vestido.

Paula hesitava entre deixar-se beijar ou corresponder ativamente às carícias. Tímida, ela sufocava suas reações, tentando não demonstrar o desejo que sentia. Queria que ele lhe arrancasse a roupa e a jogasse na cama. Queria que ele se colocasse entre suas pernas e a penetrasse logo, com impaciência. Francesco, porém, não tinha pressa. Tanto havia esperado por esse momento, que se preocupava em saboreá-lo devagar, como criança que come uma guloseima com dentadas mínimas, procurando prolongar seu prazer.

Logo Paula se acalmou e compreendeu as regras que ele lhe impunha. Em vez de pensar, deixou que seu corpo reagisse instintivamente, sem peias... Os dois foram se despindo devagar, com método. A cada peça retirada, cada pedaço de pele exposta era coberta de beijos, saboreada, línguas e dentes experimentando a textura e o sabor do outro.

Francesco despiu-se completamente, mas Paula conservou as peças íntimas, rendadas e brancas como as de uma noiva. Subiram na cama, ajoelhados de frente um para o outro. Ele deixou que seus olhos percorressem o corpo dela, maduro, mas ainda guardando a mesma flexibilidade de uma adolescente. Com sua pele muito clara e a lingerie branca, ela parecia um anjo envergonhado, a cabeça pendida, um braço cruzado protegendo os seios, o outro para baixo, com a mão aberta em frente à virilha.

Francesco tomou-lhe as mãos delicadamente, abriu seus braços e olhou-a. Depois se colou a ela, os braços esticados para o lado, como se fossem dois crucificados. Ficaram assim até que o ritmo de suas respirações se igualasse, e eles pudessem agir em sincronia. Abraçando-a, ele retirou seu sutiã, beijou-lhe os ombros e desceu a boca até os delicados mamilos róseos, cuidadoso, receoso de sua fragilidade. Paula deitou-se devagar, e ele acompanhou seus movimentos, amparando-a, sentando-se a seu lado, de maneira a poder ajudá-la a libertar-se da calcinha.

Capítulo XIII

— Oi.

— Nossa, que voz... Está tudo bem?

— Estava escrevendo.

— Ah, desculpe. Só liguei para dizer que estou embarcando hoje. Quer alguma coisa daqui?

— Não.

— Nada, nada?

— Nada mesmo.

— Nem amendoim japonês?

— Nada.

— Está chateada porque estou indo para aí?

— Não. É que estou no meio de uma cena importante, não quero perder o embalo.

— A cena da cama?!

— É.

— Eles já chegaram às vias de fato?

— Como já? Você passou o tempo todo reclamando da falta de sexo na minha história! E já estou terminando o romance. Se eles não transarem agora, só em outro livro.

— Pensei que você ia deixar para escrever o final quando eu estivesse aí. Como é que vou fazer o documentário, te filmar escrevendo?

— Olha, acho melhor você desligar, senão pode perder o avião. E melhor chegar com três horas de antecedência, ou até mais. Os procedimentos de segurança estão cada vez mais complicados.

— Isso para não falar nos problemas dos aeroportos daqui. Além de apagão aéreo, temos operação-padrão da polícia federal. As filas estão enormes.

— Então, tá. Vai logo.

— Poxa! Essa cena deve estar mesmo quente. Nunca te vi com tamanha vontade de voltar a escrever.

— Ai, que saco! Já perdi o clima. Que coisa! Por que é que você não desliga?

— O que é que eles estão fazendo? Me manda por e-mail, ainda dá tempo. Eles estão próximos do orgasmo, é?

— Fábio, qual é? Você pensa que está ligando para o telessexo?

— É que eu estou preocupado com esse teu poeta. Acho que ele, na hora H, vai falhar!

— Só se você telefonar e atrapalhar. Por que é que ele haveria de falhar? E, mesmo que falhe, isso é problema do passado. Se ele perceber que as coisas não vão bem, toma uma pílula.

— Ah! Não falei que esse teu poeta não era de nada? E você também está por fora. Pílula é coisa de mulher. Macho toma é Viagra mesmo.

— Eu não queria dizer "Viagra". Acho feio, meio obsceno.... Me admiro é de você ter o nome assim, na ponta da língua.

— Isso é porque você nunca frequentou academia de ginástica. Os caras ficam lá só falando nisso: uns dizendo que os outros estão tomando. Ninguém admite que toma, mas acha que todo o resto já tomou.

— Que horas são aí, Fábio?

— Caraca! Já estou atrasado!

— Corre, não vá perder o voo.

— Manda por e-mail, vai. Ainda dá tempo.

— Não mando nada. Anda logo. Amanhã você lê.

Capítulo XIV

— Quer mais um travesseiro?

— Não.

— Toma um golinho, vai... É água, faz bem.

— Não quero. Nem quero que você fique aqui. Estou me sentindo mal. Quero ficar sozinha, quero dormir.

— Bobagem. Imagina se eu ia te deixar sozinha assim, nessas condições.

— O que é que você está fazendo?

— Montando a câmera.

— Mas que ideia! Quem disse que eu ia permitir que você me filmasse na cama?

— Que é que tem?

— Isso é invasão de privacidade! E eu estou horrível!

— Você está linda, como sempre.

— Estou arrasada.

— Nem um pouquinho.

— E chateada.

— Por quê?

— Fiquei imaginando a sua cara de decepção quando não me encontrou à sua espera.

— Eu pensei que tinha acontecido alguma coisa.

— Pensou nada. Você achou que eu estava puta com você e que tinha resolvido não ir. E aí ficou puto comigo, foi ou não foi?

— Foi. Mas também não foi. Porque no fundo eu sabia que tinha acontecido alguma coisa. Ainda bem que eu cheguei. Se eu não estivesse aqui, você não iria ao médico.

— Bobagem ir a médico. É só uma gripe. É só tomar um chá de limão que amanhã estou boa.

— Estou vendo, uma gripe de nada, né? Sabe com quantos graus de febre você está? Quarenta.

— Bem que estava sentindo dor de cabeça.

— Bebe um pouco d'água, vai.

— Obrigada. Desliga essa câmera. Não quero que você me filme assim. Vai pra rua passear, vai.

— Deixar você aqui sozinha? Nunca.

— Quero dormir.

— Dorme, que eu tomo conta de você.

— Não, vai passear. Não quero que você me veja dormindo. Fico com vergonha. Inda mais com essa câmera. Você quer me filmar babando e roncando, pra me envergonhar.

— Eu nunca faria isso...

— Faria, sim. E eu quero dormir. Por que você não sai para comprar uma fruta para mim? Quero um pêssego, bem gostoso.

— Será que está na época de pêssego?

Capítulo XV

— Está tão escuro, que horas são?

— Quatro.

— E já está assim escuro?

— Quatro da manhã.

— Eu dormi tanto assim?

— Deixa eu ver a sua febre.

— Estou tão suada. Preciso de um banho. Você não foi dormir?

— Estava preocupado com você. A febre não baixava. Agora baixou. Você só está com 38.

— E o que você ficou fazendo aqui?

— Li o manuscrito. Está muito bom.

— Gostou do final?

— Vou preparar seu banho.

— Não gostou.

— Gostei. É que não esperava que eles acabassem assim. Vem, deixa eu te ajudar a levantar.

— Eu levanto sozinha.

— Olha aí! Cuidado. Quase caiu, viu? Essa tua gripe é muito violenta, e você está sem comer... Põe o chinelo, não anda descalça no chão frio.

— Deixa. Agora eu fico sozinha. Eu me seguro. Sai, vai.

— Mas deixa a porta do banheiro entreaberta.

— Que ideia! Deixo destrancada, mas entreaberta não.

— Está com medo?

— Não estou ouvindo.

— Não posso falar mais alto, são quatro da manhã!

— Não escuto nada.

— Deixa, não tem importância. Enquanto isso eu vou ajeitando as coisas aqui no quarto.

— O quê?

— Estou fazendo a tua cama.

— Fábio?

— Já terminou?

— Sabe que você é o melhor amigo que eu tenho?

— E você a minha. Vem, deita aqui.

— Não, vou pegar roupa limpa, minha camisola está muito suada, e eu não vou ficar de roupão de banho.

— Deixa que eu pego. Tá na gaveta? Eu pego.

— Não, não mexe aí. Fico com vergonha de você ver minha roupa de baixo.

— Por quê? Que é que tem? Mulher tem cada frescura! Não mostra isso, não mostra aquilo, mas vão pra praia de fio dental.

— Eu não uso fio dental.

— E isso aqui?

— Fábio! Que droga! Eu não disse pra você não mexer na minha gaveta?

— Sinceramente, pra que é que vocês mulheres se dão ao trabalho de vestir uma calcinha dessas? Não veem que não cobre nada? Isso não protege nenhuma das partes importantes.

— Esse tipo de calcinha é para ocasiões especiais... Ah, estou tão mole! Nem consigo levantar o braço para pentear meus cabelos.

— Deixa que eu penteio. Sempre tive vontade de pentear teus cabelos.

— Já notei. Você sempre arruma um pretexto para mexer neles. "Está no seu olho, tem uma coisinha aqui presa, acho que vi um fio branco"...

— É que seus cabelos são lindos. Tão pretos. Os cabelos de Iracema deviam ser assim, pretos como a asa da graúna...

— Os meus são pretos como a caixinha de tintura.

— Olha o seu pêssego. Quer comer agora?

— Ah, está uma delícia. Não sabia que estava com tanta fome!

— Come mais um.

— Não. Só quero água. Estou morrendo de sede. Olha só como a minha boca está ressecada.

— Vem, deixa eu te ajudar a deitar.

— O dia está amanhecendo...

— Está frio lá fora.

— É a umidade. Aqui chove tanto. Estou com saudade do sol... De ficar na praia, te vendo jogar vôlei...

— Você sempre debaixo da barraca... Não vai nem na água!

— Não gosto de água fria!

— Não quer a coberta?

— Agora estou com calor. Acho que vou dormir mais um pouquinho.

— Antes me diz uma coisa: por que é que tua história acaba assim?

— Porque eu não acredito em amor! Quando a gente baixa a guarda, vapt, lá vem o golpe!

— Como é que você pode ser assim?

Capítulo XVI

— Acorda, Mari!

— Que foi?

— Você está tendo um pesadelo...

— É horrível!

— Está tudo bem, fica calma. Não chora.

— Estou com muita dor de cabeça...

— Sua febre voltou. Acho que vou te levar para o hospital. O porteiro da noite me disse que tem um aqui perto.

— Não me deixa. Fica aqui comigo.

— Estou aqui do seu lado.

— Me abraça.

— Ah, Mariana...

— Por que você vai embora?

— Não vou embora. Estou aqui com você, para sempre.

— Não me deixe.

— Não chora. Calma, calma. Acho que você está delirando. Deixa eu ver a sua febre... Cuidado! Assim você quebra o termômetro. Mariana! Meu Deus! Acorda, Mari. Acorda!

— Fábio.

— Que susto você me deu. Deixa eu me vestir, vou te levar para o hospital.

— Não, não quero. Estou bem.

— Você está com febre de novo.

— Me dá o remédio. Está na hora.

— Estou preocupado, é melhor eu te levar para o hospital.

— Bobagem. Homem é tão assustado. Não é nada.

— Você estava delirando, e até desmaiou.

— Delirando? O que foi que eu disse?

— Sei lá, não prestei atenção.

— Falei da gente?

— Não entendi direito.

— Mas era da gente?

— Acho que não, era um pesadelo, você não queria que eu fosse embora.

— Que dia é hoje?

— Por quê?

— Já está na hora de voltar para o Brasil?

— Você não pode viajar dessa maneira!

— E o livro?

— Você já terminou, não lembra?

— Terminei?

— Terminou. Você separou o Francesco e a Paula.

— Você já leu a *Divina comédia*?

— Li.

— Não viu que Paolo e Francesca estavam juntos no Inferno, e que esse era o castigo deles? Juntos para sempre.

O amor acaba, e eles, literalmente, se danam. Eu me baseei na *Divina comédia* para escrever a história. Os amantes que se juntam por causa de um livro, o amor a que eles não conseguem resistir... Só que fiquei com pena, e dei outra chance a eles.

— Não, você não entendeu nada! As palavras de Francesca são mais ou menos estas: "Não há maior dor do que recordar o tempo feliz na tristeza." Lembre-se de que Dante era um moralista. Ele não está punindo o amor dos dois: está punindo o adultério que cometeram. E eles estão juntos para recordar o tempo feliz... O amor deles não acaba, o problema é que eles têm a consciência culpada por terem cometido adultério.

— Não existe amor para sempre...

— Existe!

— Os próprios cientistas dizem que não. A paixão tem curta duração...

— Não confunda paixão com amor. Paixão é coisa infeliz, é sofrimento. Amor é outra coisa.

— Eu não sei o que é amor.

— Amor não é para se saber. Se a gente mete o intelecto no meio, estraga. Olha a lenda de Eros e Psiquê. Se a Alma humana resolve "conhecer" o Amor, ele desaparece. Amor é para sentir, no escuro, sem noção de outra coisa que não seja o sentimento. Amor exige entrega, confiança.

— Eu queria tanto amar! Queria me apaixonar, mas não consigo! Nem escrevendo eu consigo. Estou farta de viver assim, sozinha, solitária. Eu queria alguém. Eu preciso de alguém que me queira, que tenha prazer de estar comigo, que me escute...

— E você não tem? Eu te escuto. Eu adoro estar com você...

— É diferente. Você é meu amigo.

— Sou tão repulsivo assim?

— Repulsivo? Você não é nada repulsivo! Você é atraente, bonito, charmoso, inteligente, sexy.

— Tudo isso? Se eu sou tudo isso, por que você nunca ...

— Pra não estragar nossa amizade. A gente ia perder essa intimidade, essa liberdade que nos une!

— Então você já me olhou com outros olhos?

— E você?

— Homem é diferente.

— Sabe que eu detesto essas suas recaídas machistas? Diferente por quê? Homem e mulher são absolutamente iguais!

— Não são não, graças a Deus! Essa história de viver num mundo de iguais é a coisa mais autoritária que conheço. Mulher e homem são diferentes, e é preciso respeitar as diferenças uns dos outros. O bom é isso, o não igual, o nosso esforço para chegar ao outro. Poder olhar e não ver um espelho, entende?

— Sabe que eu nunca entendi por que é que a Vera te deixou?

— É porque nós dois nunca estivemos juntos realmente. Nunca fui capaz de ter uma conversa com ela. A gente não se falava...

— Mas você adora conversar! E ela também.

— É, mas a coisa não fluía entre nós. Ela estava sempre ocupada. E me cobrava. Queria que eu fosse mais ambicioso, que parasse de dar aulas para ir ser assessor daquele meu tio que era deputado, lembra?

— Se você tivesse ido trabalhar com ele, teria uma grana preta agora.

— E daí?

— E ainda estaria casado com a Vera.

— E quem disse que eu gostaria de estar casado com ela? Só lamento é pela Clarinha. Ela está crescendo longe de mim. É uma pena.

— Você está sempre com ela, Fábio! Todo fim de semana, nas férias, todos os dias vocês se falam.

— Mas assim é diferente. A gente nunca vai ter lembranças, digamos, de uma família constituída, entende?

— Não, nem quero pensar muito nisso. Não tive filhos, o tempo passou, e agora acho que já não dá mais, já está muito tarde. Às vezes fico pensando que devia ter feito uma inseminação...

— Taí, por que não fez?

— Porque não queria ter filho com um estranho. Um doador anônimo. Ui, chego até a ficar arrepiada.

— E por que não pediu a um amigo?

— Isso lá é coisa que se peça? Imagine eu chegando pra você e pedindo alguns decilitros de sêmen.

— Decilitros? Você pensa que é assim? Centilitros ainda vai. Mas o negócio é mais para mililitros... Tipo uma colher de sopa.

— É mesmo. É que não sou boa nessa coisa de medidas. Nossa! Se fossem decilitros, as pessoas iam ter que fazer amor na banheira!

— Deixa eu ver a febre.

— Já baixou. Estou me sentindo bem melhor. Você é um ótimo enfermeiro.

— Você é que é uma ótima paciente.

Capítulo XVII

— Até que enfim parou de chover! Estava doida para dar uma voltinha. Me despedir da cidade. Estou com pena de você, que não viu nada...

— Vi muita coisa. Passeei por aqui por essas ruas escondidas. Visitei todas as lojinhas...

— Vamos tomar um *vaporetto* e ir para o Lido?

— Não, vamos ficar aqui mesmo, dar um passeio de gôndola.

— Claro! Você não andou de gôndola, isso é imperdível. E, depois, vou te levar para tomar um sorvete! Ai, são tão bons! É difícil escolher qual o melhor sabor. E um *espresso* duplo, uma delícia.

— Você está tão animada!

— Estou contente. Perdi um quilo e meio! Bendita gripe. Quer parar de me filmar?

— Não é você. É a cidade. Olha que escadaria maravilhosa. Parece a Torre de Pisa.

— É o Palazzo Contarini del Bovolo. Vamos dar mais uma andadinha, para você ver como o la Fenice ficou lindo. Olha lá.

— Nossa, ele é muito pequeno. Pela fama, achei que fosse muito maior.

— Não, esse teatro pertencia a uma família, que o construiu em 1792. Não é chique? Um teatro particular? Depois, não lembro quando, passou a ser da cidade, acho que foi depois do primeiro incêndio, em 1836. Não, deve ter sido antes, porque Rossini e Verdi estrearam algumas de suas óperas aqui. Sabia que os italianos, durante a ocupação austríaca, protestavam aqui no teatro? Jogavam flores brancas, verdes e vermelhas no palco, da cor da bandeira italiana, e gritavam "Viva Verdi!"

— E isso é protesto?

— É que v-e-r-d-i são as iniciais de Vittorio Emanuele, Re d'Italia. Espertinhos, não?

Mas, o que é isso? Fila para gôndola?

— Ih, o dia inteiro é assim. Mas anda rápido. Logo, logo chega a nossa vez. Por que você não aproveita para filmar a Praça de San Marco, enquanto eu fico aqui na fila?

— Prefiro ficar a seu lado. Vou filmar o vaivém das gôndolas. Olha que lindo. Repara na perícia que esses remadores têm. E olha como fica lindo o grupo de embarcações junto a todos esses mastros coloridos. É uma loucura, são centenas de gôndolas.

— É que aqui é uma espécie de ponto final delas. São poucos os lugares onde se pode pegar uma gôndola. Eu só conheço aqui no Molo, e lá perto da ponte de Rialto. Mas lá ainda é mais movimentado, porque é por onde todo mundo anda, para fazer compras. Nunca pensei que uma ponte conseguisse sustentar tantas lojas. E são altas, algumas têm uns dois ou três andares. E tudo em cima da ponte, dá até medo.

— Agora é a nossa vez.

— Viu como foi rápido? Cuidado. Ai, eu morro de medo. Está balançando muito.

— Não se preocupe. Você está segura. Viu? Eu não deixo você cair.

— É melhor eu sentar ali do outro lado.

— Não, senta aqui mesmo, do meu lado. E abotoa esse casaco, não vá apanhar uma recaída. Põe o lenço aqui, no pescoço.

— Não, Fábio. Não é preciso. E vira essa câmera para lá. Estou ficando irritada com isso.

— Sabe que o seu documentário vai mostrar a escritora mais ranzinza de todo o Brasil?

— Eu reclamo muito?

— Só um pouquinho.

— Devo ser muito chata. Não admira que esteja sozinha.

— Você não está sozinha, está comigo.

— É diferente. Somos amigos. Eu estava falando de uma coisa mais intensa...

— Intensa como? Assim?

— Fábio! Você me beijou!

— Beijei. E de língua!

— Mas, você não entende...

— Quem não entende nada é você! Será que eu preciso colocar um cartaz no meio da rua? Será que tenho que mandar publicar no jornal? Eu sempre fui apaixonado por você. Mas esta é sua última chance!

— Fábio, isso é um erro.

— O que é que é um erro? Este beijo? Ou este? Ou este aqui?

— Fábio, você está se aproveitando de mim... Estou carente... Ah, Fábio, assim, vai. Oh. Você beija tão bem. Ai, para, está todo mundo olhando. E a câmera? Está ligada? Desliga isso, vai.

— Você só tem um defeito.

— Qual?

— Fala demais. E a câmera está desligada.

Capítulo XVIII

Paula olhou o amante com tanta intensidade que seus olhos pareceram crescer e transbordar, como um mar em dia de tempestade. Ele ainda não sabia que ela havia tomado aquela decisão. Este era seu último dia juntos. Ela ia partir. Regressar ao seu mundo protegido e tranquilo. Nos poucos dias que compartilharam, eles haviam se amado de todas as maneiras. Ela abandonara todas as reservas e se entregara como uma adolescente. A cidade resplandecia lá fora, com seus pomposos dourados e suas impossíveis volutas, mas os dois se bastavam e permaneciam no quarto atravancado de móveis exageradamente grandes. Ela havia perdido o pudor que a dominava nos primeiros encontros e se deixava ficar nua, deitada de bruços sobre a cama de espaldar, os lençóis revoltos formando relevos sobre o colchão que se curvava, ligeiramente, para dentro. Francesco sentava-se à mesa imprensada entre as duas janelas altas e escrevia, febril, até que ela deixasse seus dedos travessos brincar com os cachos de seus cabelos revoltos e desalinhados, ou passear pela pele sedosa de suas costas, queimadas do sol generoso da região. Quando tinham fome, tomavam um *cichetti e l'ombra*, algum tipo de refeição ligeira acompanhada por uma taça de vinho, chamada de "sombra" pelo hábito que os gondoleiros tinham de guardar na sombra uma garrafinha de vinho para se refrescarem.

Paula havia desabrochado nas mãos de seu amante. Seu corpo se revelara um instrumento digno de figurar numa grande orquestra, com surpreendentes ressonâncias. Mas a enormidade de sua descoberta a assustava, e ela desejava voltar à tranquilidade de seus dias dedicados aos livros e à contemplação da vida, protegida por trás de sua redoma. Ela precisava dizer a ele que não estava à sua altura, que não podia ser a musa de um poeta. Ela era uma mulher comum sem nenhuma grandiosidade. Ela comia, respirava, andava e sofria como as outras, não era mais bela, nem mais alta, nem mais perfeita. Ao contrário. Sabia que era cheia de pequenos defeitos e manias, que tinha hábitos arraigados que lhe custaria muito abandonar para adotar uma vida em comum. Além disso, outra coisa a impelia a partir. Francesco era casado. Sua mulher e seus dois filhos deviam chegar no fim de semana, e ela não podia suportar a ideia de separar uma família. Ela não conhecia a outra, mas imaginava os filhos dele, e o que a ausência do pai provocaria.

Era preciso abrir mão de sua pele macia, do cheiro que ela já não sabia se se desprendia do corpo dele ou do seu, do carinho e do aconchego que os braços dele lhe proporcionavam. Ela era uma mulher forte. Adulta. Madura. Ela resistiria. Lembraria de seus comentários e de seus versos coloridos como os dias de verão que haviam passado juntos.

E usaria o que ele lhe ensinara para poder olhar os desenhos das nuvens e os espaços vazios entre os quadros dos museus.

Levantou da cama, silenciosamente, e começou a se vestir com gestos lentos. Francesco continuava escrevendo, absorto. Um sorriso flutuava em seu rosto, um sorriso resignado e angélico, como os que perpassavam os lábios dos santos mártires nos quadros clássicos. Ela ia para o martírio de amor. Renunciaria a ele para tê-lo para sempre em um sacrário.

As batidas na porta foram suaves, quase não se fizeram ouvir. Ela não as teria escutado se não estivesse tão junto às espessas madeiras trabalhadas da porta, já em seu caminho para fora da vida de Francesco. Atravessando a bolsa nos ombros, deixou sobre a cama o papel onde explicava sua partida. Tratava-se de uma carta confusa, cheia de repetições e argumentos que não se sustentavam logicamente. Ela deu um último passo para trás, olhando-o com tanta intensidade que se admirava que seus olhos não deixassem marcas pelos locais que percorria. Voltou-se e abriu a porta. Chegou a ver o clarão que iluminou um rosto retorcido de angústia. Não escutou os ruídos que se seguiram, os gritos, o eco, o baque do corpo caindo. Só sentiu o turbilhão. Depois, o nada.

Capítulo XIX

— Você disse que ia mudar o final.

— Não pude. A história de Paula e Francesco não podia ser como a nossa. Aquele Francesco não merecia um final feliz. Ele estava traindo a mulher. Não merecia ser feliz.

— Mas quem morreu foi a Paula! Ela é que foi castigada pelo erro do outro.

— Castigada? Não, ela ficou com a melhor parte: não teve que lidar com a culpa que já tinha começado a sentir. Não envelheceu. Não ficou com Alzheimer. Não foi trocada por outra. Não teve que lavar cueca nem meia suja...

— Mas o Francesco não foi castigado...

— Você é que pensa. A mulher dele vai presa, ele tem que cuidar dos dois filhos. Precisa parar de escrever poesia e se dedicar a dar aulas particulares, ou seja lá o que for, para complementar a renda. Os meninos crescem, se revoltam. Um enche o corpo todo de piercing, engorda, para de estudar, se junta a uma turma de arruaceiros, neonazistas, ou mussolinistas, seja lá como se chamam na Itália. O outro se vicia, foge de casa, aqueles dramas de filho drogado, que quando aparece é só para arrumar mais dinheiro para as drogas...

— Poxa! Tem piedade do Francesco.

— Não tenho não. Ele também engorda. Se casa de novo, desta vez com uma megera que reclama que ele é um fracassado...

— Chega! Pobre coitado.

— Olha o corporativismo... Mas ele continua um bom poeta. Os livros dele são redescobertos, e ele recebe uma homenagem e um convite para participar da FLIP.

— Nossa FLIP?

— É, mas ele não vem. Está doente, tem diabetes malcuidado e acaba perdendo uma perna...

— Ah, não aguento mais. Chega!

— Viu? A Paula escapou disso tudo.

— Vem cá. Deixa eu te mostrar o que é que ela perdeu: perdeu beijos assim. Perdeu abraços, perdeu as mãos do amado percorrendo suas costas, devagar, arrepiando sua pele...

— Tudo isso é muito bom, concordo. E ainda perdeu as conversas sem fim...

— E as tardes de cinema, com aqueles emocionantes filmes de ação!

— Isso não é grande coisa, melhor são filmes franceses, que fazem a gente pensar...

— Ah, não. Isso é garantia de morrer de tédio: como aquele filme que mostra as imagens de uma câmera de vigilância e que os intelectuais acharam a grande maravilha do ano! Se nem os vigilantes aguentam ficar olhando sempre a mesma coisa...

— Fábio, pelamor de Deus! Não diz isso em frente aos nossos amigos, pra não me envergonhar!

— Sim, senhora, dona Hipócrita. Pode deixar que vou fazer cara de "pensador", se falarem no filme perto de mim.

— Você está me gozando: o que é que você quer dizer com "cara de pensador"?

— Regra número um: o importante não é o que o "autor quer dizer", mas o sentido que o texto adquire em seu contexto.

— Ô, meu amor, não faz isso com sua Mari, não, tá?

— Não. Até porque já estou de saída. Maracanã, lá vou eu!

— Maracanã? De novo?

— É jogo do Botafogo, final. Um clássico! Imagine, Botafogo e Flamengo, e no Maraca! Hoje é um grande dia. As torcidas. Uahhh! As bandeiras, enormes. Os refletores, a fumaça colorida.

— Você parece criança!

— Por que você não vem comigo?

— Detesto futebol.

— Jogo no Maracanã não tem nada a ver com futebol. Tem a ver com o público, com o espetáculo de uma paixão compartilhada...

— Prefiro ficar lendo meu livrinho...

— Eu ia gostar que você fosse comigo.

— Ah, não. Ninguém merece. Me poupe.

— É pena. Porque eu ia mesmo gostar se você fosse. Tchau.

— Que bobagem. Uma infantilidade, isso. Eu nem gosto de futebol... Que é que eu ia fazer lá? Só se fosse para ficar vendo seu sofrimento com as ameaças de gol. E escutando ele xingar o juiz e o técnico... E para escutar aquele riso gostoso de alegria, quando ele joga a cabeça para trás e se entrega, e depois volta a si, procurando o meu olhar... Ah, não, e eu não vou estar lá para ver os olhos dele brilhando de alegria! Fábio! FÁBIO! Me espera. Eu vou sim! Fábio. Ah, meu amor! Inda bem que consegui te alcançar!

Este livro foi composto na tipologia Adobe Garamond Pro, em corpo 12/16, e impresso em papel off-white 90g/m² no Sistema Cameron da Divisão Gráfica da Distribuidora Record.